O Q L S H A R D N G
C J E T Z B U S O L
V A C E Q E A J I J
U R A A Q G E F T N
E B P M O K S J C Q
S P S P M W S B I R
P P Q U C F I Q F L
A L K N S Q A P E M
C R K K S A V C C K
E G N H K U O W N I
G A A V Z P D U E Q
E R N L E P P G I W
I B Q R A R H W C F
N T A M E X N C S B
O Z I B H Y I V Z U
R J Y E W F Q E R S
H C D H F H X L V K
C Z C C V Q H P K I
U H M U A A A W U T
A L P P Z F V D G T

(?) CYBERPUNK
(?) HARD
(?) SCIENCEFICTION
(?) SPACE
(?) OPERA
(?) STEAMPUNK
(?) UCHRONIE
(?) VAISSEAU
(?) ESPACE
(?) GALAXIE

MOJENN
EDITIONS
PRÉSENTE

MOTS MELES

SCIENCE FICTION

<pre>
L U M I E R E O Z I
E S U J L T Y N Ç R
I R C M C O J O Z V
R Y R U Y C T Y G Y
K E X E Y S O R V P
L D N A T G B Y H E
L E J I Q A O T A S
K R Z C A F R F J S
X T W T V T V T K E
O S I L D L I F N T
J E U U O M B P J I
H R N M N C A U A V
U R I I I P S T Y C
P E V N G E T T X M
L T E I Q M V Y R Ç
A A R Q X T Z Ç N E
N R S U N S M K S J
E T F E C Y N S M G
T X O O J S Ç U W H
E E R F Ç E D N O M
</pre>

(?) UNIVERS
(?) PLANETE
(?) SYSTME
(?) MONDE
(?) ROBOT
(?) EXTRATERRESTRE
(?) INTRATERRE
(?) LUMIERE
(?) VITESSE
(?) LUMINIQUE
(?) CAPITAINE

Ç	A	B	D	Z	I	U	E	O	Y
L	Z	N	V	H	A	A	N	S	E
K	G	T	M	F	W	W	J	T	E
R	J	I	K	A	W	P	F	K	N
J	Q	B	Z	H	Q	D	H	P	N
M	U	Ç	J	Q	W	B	Y	O	R
X	A	P	E	R	R	E	T	V	V
L	A	R	I	M	A	U	R	E	V
P	O	Y	S	T	L	Y	B	N	S
O	A	E	T	P	E	U	T	U	H
F	X	E	X	P	Q	R	V	S	P
A	G	Z	T	B	I	S	C	S	L
W	G	Ç	L	O	J	E	O	X	A
E	U	P	C	B	I	L	R	Y	N
O	T	O	K	P	E	L	V	I	E
S	F	B	S	I	V	R	E	G	T
W	N	P	L	D	G	Z	T	Y	E
P	Ç	H	M	H	L	L	T	K	M
W	H	S	L	F	I	E	E	C	P
U	Ç	T	X	N	T	S	V	L	A

(?) AMIRAL
(?) CORVETTE
(?) ETOILE
(?) SOLEIL
(?) PLANETE
(?) TERRE
(?) PLUTON
(?) VENUS
(?) MARS
(?) JUPITER

```
L E P I M I M D G O
Z A N A V E T T E H
I Ç S J A U Z Q U E
U E T E G A R B G S
R E V O R V V F B A
I Ç C R P R O T O N
O Z A I A P S L M R
Ç M C B N S C I I T
A L S T H U K P P I
I X R V O Y A G E A
Y N A L H L A E S D
G F T T G X R T M R
N B S N Y U R K N C
D O L R T A D E O B
C A K A L J Z T I Q
P N E Z S W L P T P
V R X V C T U U A I
C I E X Y R E N T J
C J O Y I R G R S Q
N V W G I F C O D K
```

(?) ASTRAL
(?) PROTON
(?) BLASTER
(?) LASER
(?) CREATURE
(?) NAVETTE
(?) STATION
(?) STARS
(?) VOYAGE
(?) ROVER

M Ç A N P H W S Q Q
H A R M O N I E A Q
G V N V X X U U B Q
F N R T E E L Ç K K
J I H M T A T B P B
I W Z E O P V R Y S
S Y P T I E K G O Q
N Ç R E B S P V M V
Z G R I M A Z S Ç G
V V J C Y N J T J Q
J W J O S T K K Q Z
X J M S L E D U Z F
C U N E X U S W E Ç
Ç V Y V C R C Q R V
H M I E S P E C E S
M R H D Ç T R K I S
S A H Q E X L M T H
T A Ç U K T J Ç A I
V E A J C C D D M J
T E R R A Q R N P E

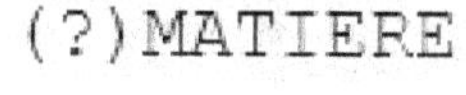

(?) APESANTEUR
(?) NEXUS
(?) SOCIETE
(?) ESPECES
(?) TERRA
(?) SYMBIOTE
(?) HARMONIE
(?) VIDE
(?) VORTEX
(?) MATIERE

T S C V R C Z F O Q
Q T A J R J V J Z Ç
X S L J S T N Z M C
E U E H I F Z D G B
X V X H J C O D Ç A
P C O R V E T T E Q
L J P A P J O I R F
O T L S I D G N S E
I Ç A N R L C V C J
T L N H A R R A R M
A T E N T F A S E E
T L T E E E M I D T
I V E I S E U O I I
O L K N H L I N T S
N B O O B L N Ç M I
Y P E L I I O I S G
H N I O W P T G X V
Ç F M C M R U C X Y
Y A V F D O L K V R
F K V Z U T P K B Ç

(?) EXOPLANETE
(?) CORVETTE
(?) CALE
(?) TORPILLE
(?) PLUTONIUM
(?) CREDIT
(?) PIRATE
(?) INVASION
(?) COLONIE
(?) EXPLOITATION

N	Ç	J	Ç	J	I	Ç	O	Y	Z
G	H	U	Q	E	G	P	V	S	E
N	L	A	E	J	K	J	C	I	L
I	R	P	N	X	I	Q	G	U	Ç
L	O	T	V	M	C	O	I	C	S
R	S	J	A	C	L	K	N	C	A
A	B	A	H	O	Y	V	N	R	T
C	X	S	I	U	I	R	F	U	E
X	Z	C	S	N	F	U	I	W	L
B	O	T	S	Y	A	X	S	H	L
S	D	C	E	C	S	I	Z	G	I
B	I	U	U	A	C	N	L	S	T
K	S	C	R	T	I	M	Z	P	E
T	C	K	D	L	N	D	F	I	C
M	O	Ç	S	A	A	U	Y	D	E
R	V	N	K	N	T	A	P	E	B
U	E	Y	Z	T	I	C	F	R	C
T	R	I	B	E	O	U	W	B	R
U	Y	R	F	V	N	P	A	V	W
F	O	B	L	X	V	I	X	U	A

(?) CARLING
(?) SPIDER
(?) FUTUR
(?) ATLANTE
(?) SCI
(?) SOCIOLOGIE
(?) FASCINATION
(?) ENVAHISSEUR
(?) DISCOVERY
(?) SATELLITE

V	P	K	N	Z	N	A	Z	Ç	V
P	T	B	U	W	B	P	D	B	H
T	K	U	I	I	H	E	W	G	R
X	D	V	A	J	M	S	V	D	J
R	T	H	T	X	J	A	K	J	K
E	G	Y	O	V	B	N	E	J	C
I	X	P	M	O	X	T	V	U	L
L	Z	E	I	C	E	E	R	F	H
C	U	R	Q	T	L	U	A	N	N
U	S	E	U	V	L	R	T	O	O
O	E	S	E	Q	I	O	S	I	S
B	J	P	G	E	A	I	R	T	I
Y	C	A	W	C	T	K	T	A	A
R	B	C	P	R	A	N	F	N	N
Ç	F	E	F	U	B	X	E	I	I
D	Ç	T	F	O	F	C	Y	G	B
R	C	P	Ç	S	L	K	I	A	M
X	Y	D	G	S	Ç	E	L	M	O
P	H	S	C	E	U	V	A	I	C
S	O	P	S	R	X	U	G	H	C

(?) RESSOURCE
(?) IMAGINATION
(?) BATAILLE
(?) BOUCLIER
(?) ATOMIQUE
(?) HYPERESPACE
(?) STARVEK
(?) COMBINAISON
(?) APESANTEUR

```
X T B W R E G H C O
G E D S E M J Ç J W
E M K U S K J R U F
W P R W A O C Z R L
V O P Ç L Z O J A E
E R Y E E N C H R I
U E S W Q O L O T G
Q L J L Y I A G E O
I R E Y F T Z Ç F L
N H C H O A M A A O
O W A V E S J M C N
R M P Y X I N S T H
H E S A E L K A X C
C R R G E I K L B E
Ç T E Q G V I P R T
M S P T I I W J X F
Z N Y M T C O S O R
P O H D S U K A M W
A M K C E R S K W L
X X Ç P V H V W F R
```

(?) VESTIGE
(?) ARTEFACT
(?) CIVILISATION
(?) LASER
(?) MONSTRE
(?) PLASMA
(?) TECHNOLOGIE
(?) TEMPOREL
(?) CHRONIQUE
(?) HYPERSPACE

E F E R X P H J F I
M O S O K X A H P F
G O U G I S X S O Z
F K H S O L E I L G
T Q P Z J U C Ç A B
V E D E J R A U R Y
L Q A V R U P P I B
P H T O H E S V T O
D X O L K S S A E A
Q R R U W L A A J V
E Z P T H U T L S E
X X I I X P E C X T
L O L O Z O L A J H
X Z L N V R L R B N
A H E U L P I B Z I
G I X A U P T U L E
B C P F N C E R A D
E W W S E T X A F D
S M S C M Ç C N Q Y
V F A Z G F K T E M

(?) SATELLITE
(?) LUNE
(?) SOLEIL
(?) EVOLUTION
(?) TORPILLE
(?) SPACEX
(?) PROPULSEUR
(?) POLARITE
(?) CARBURANT
(?) ETHNIE

C V R A K S D P N Q
M I U E I D V H K S
O O E T C H P L B Q
T M L U P P L J Ç Ç
H R R A M O E J T O
A W U N A W E H M C
N D H O T A S F V Y
J E W R H N N R H B
B D L T U T E A M O
I I B S S I P M V R
O O G A A C E E T G
R N T O L I M L B O
O Y J V Y P I I U A
I G J D S A R N A Y
D M D Ç E T C G Z S
E U I T K I X E K Z
Q U E D I O R D N A
V U Y W G N A R Y X
S W R F G L S C J F
B C R Ç A U G M K P

(?)ANTICIPATION
(?)ANDROIDE
(?)ASTRONAUTE
(?)BIOROIDE
(?)CRIMEPENSEE
(?)CYBORG
(?)FRAMELING
(?)HURLEUR
(?)MATHUSALYSE
(?)GYNOIDE

O I P C D A T J U E
K V D K O C Q I U R
O Y Q V W F H H G I
S L I M A I K H H P
Y E E A S I U M T M
L Q S Z R M E P C E
R R C S S P V O Y D
I H E J E L U Q D I
O Z J B R T S S R M
V J D W E O I X E E
U J X Z I L F V R N
O O X C N D L I W S
P X E M I E E I R I
E D D X F V V G O O
A D S I N A L R T N
A C O R I S G C O N
M X L E Q I G Q R E
G N G O R O W P V L
T K Ç T W N A A Z J
H N C V O P S P N E

(?)EVASION
(?)ROTOR
(?)DIMENSIONNEL
(?)SUPRA
(?)GLOSDEX
(?)EMPIRE
(?)REBELLION
(?)POUVOIR
(?)VITESSE
(?)INFINI

Z R M A H I U Ç A R
T U I X C R N G Y U
W E C W O A I E J E
K I R O E O V R T U
P N O P V E E I S Q
Q E C T U I R A C R
S G O I K G S N K O
G N S Q T O M E M M
J I M U N L E C J E
G J E E O C R P R R
R Q C C M N A E R E
Q M A U E H N M V B
Ç B T E N C I Q V P
H O P E N E C C N N
N Y K T O T I H I N
Ç W P O R O E N E E
S N J L I N N Z Q A
Ç C P I V A P L M K
D L S P N N W F U P
O S I M E Q M T Y Z

(?) INGENIEUR
(?) PILOTE
(?) MERCENAIRE
(?) MECANICIEN
(?) REMORQUEUR
(?) OPTIQUE
(?) NANOTECHNOLOGIE
(?) MICROCOSME
(?) UNIVERS
(?) ENVIRONNEMENT

<pre>
B Z E S C P Ç L G O
R N S G C Y N M P X
W U K L P E O Y H S
A C T U K E I E E L
E L G N F N T J U W
E A I A P V A H C H
U I U I Q T M Y H M
Q R A R C F R D Ç E
I E T E W K O R E T
T E O L U W F A E A
A T M Ç O I A U Ç N
M I I D Ç D R L N O
U T Q I U Z R I O I
E A U Y J Y E Q V A
N N E V Z T T U L I
P A T V A K M E A P
G Ç V H R P P I N E
X O U T B D B S G D
V I M X U U C A U Z
N G I A T J Ç U E U
</pre>

(?) ZARBUT
(?) METANOIA
(?) NATITE
(?) NOVLANGUE
(?) PNEUMATIQUE
(?) HYDRAULIQUE
(?) ATOMIQUE
(?) NUCLAIRE
(?) TERRAFORMATION
(?) LUNAIRE

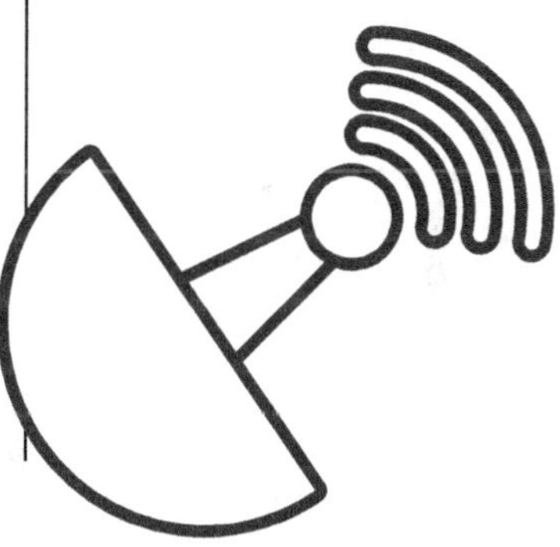

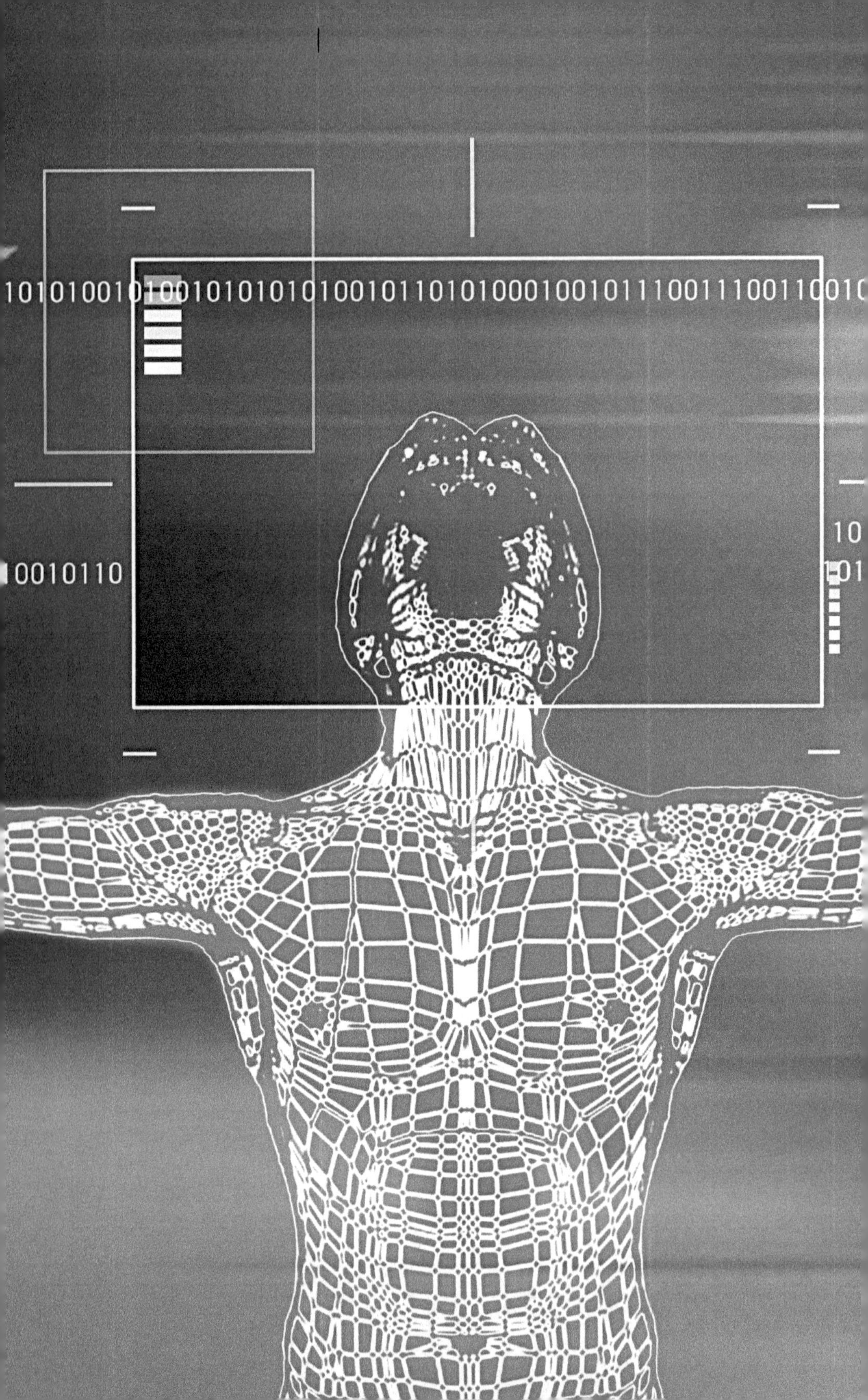

10101001010010101010100101101010001001011100111001100110010
0010110
10
01

N Z M A T I E R E X
T U K Ç R K J V T I
O L Z P J S Y Z I G
L X D P I K B H O R
H N G D R G E M B D
T S J Z E Y U X T W
P D K L D A Q S Q F
F U F I O Q I Ç N U
B U K T H J F U T E
E E N T T N I Y T M
S D T R E J T K R W
O O E A M Q N Z O O
R Q F T I M E C U G
E O E U Q T I J C E
H R P R U J C F K N
F I M E Q Q S G J R
Ç G M Y S T I Q U E
R I H A P M T B W O
F N T F E C A L G Q
E E N I H C A M K L

(?)MATIERE
(?)TROU
(?)LITTRATURE
(?)GENRE
(?)ORIGINE
(?)MACHINE
(?)METHODE
(?)SCIENTIFIQUE
(?)MYSTIQUE
(?)HEROS

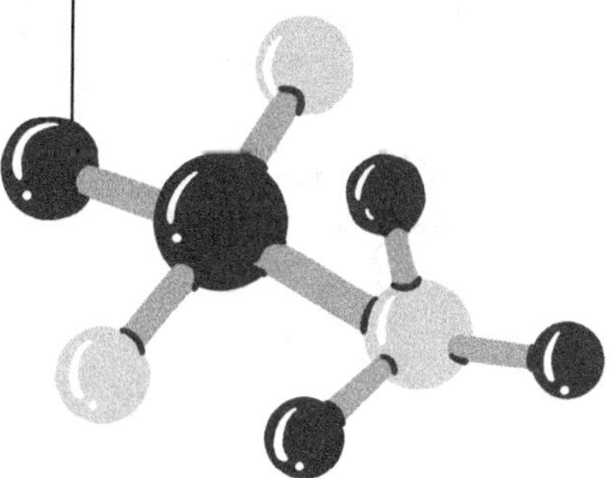

T E C H N I C I E N
T Ç Ç C P I I N X S
A Ç C S W N V E E Z
D U T L T T Z F T R
L E Q Z R E B Ç R F
O I U P A L S R E U
S G N R N L E N V S
A O A K S I M V U I
C L N F P G Q O O O
G O O B O E N Y C N
N N P R R N O A E L
K H R H T C I G D Q
N C O Q E E T E N K
W E T G U B A U N T
V T O O R I R R V Ç
J M N F G K O V S E
R T Z W G T L X L D
Y A U Q B G P S T U
R G G J O B X R F K
G W T Z E R E E Z Y

(?) VOYAGEUR
(?) SOLDAT
(?) DECOUVERTE
(?) EXPLORATION
(?) TECHNOLOGIE
(?) TRANSPORTEUR
(?) TECHNICIEN
(?) FUSION
(?) NANOPROTON
(?) INTELLIGENCE

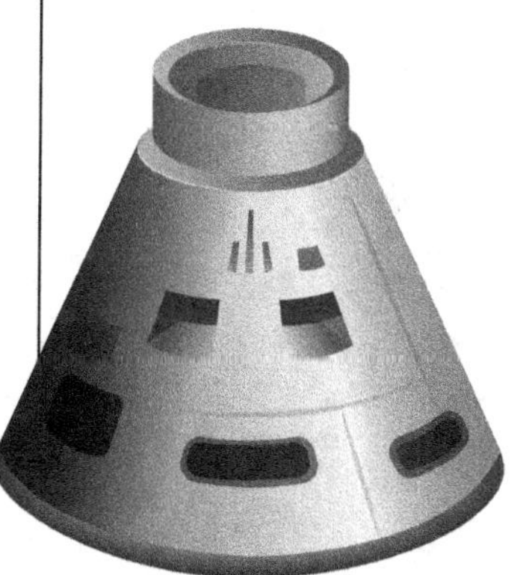

F	E	E	C	R	M	U	B	I	K
T	G	R	S	F	U	X	M	Ç	Z
D	Y	T	Y	Q	A	R	O	Y	C
R	O	S	S	N	E	W	E	E	X
V	A	E	T	G	S	D	H	E	K
M	S	R	M	O	S	N	O	S	W
N	R	R	E	A	I	H	Q	S	V
C	E	E	I	X	A	E	Q	W	Q
J	V	T	O	O	V	P	R	L	J
U	I	A	M	D	H	U	Q	F	L
Y	N	R	L	O	B	D	I	H	R
P	U	T	Y	A	E	F	N	T	O
C	F	X	P	V	S	W	T	X	U
E	W	Ç	L	P	G	R	Ç	D
D	M	Q	P	O	A	L	A	M	J
N	H	S	B	L	C	N	T	I	Q
O	V	G	A	X	E	S	E	B	T
M	G	X	U	O	Z	I	R	T	R
K	I	C	S	Z	B	B	R	Q	E
E	H	T	O	B	O	R	E	E	X

(?)VAISSEAU
(?)ESPACE
(?)GALAXIE
(?)UNIVERS
(?)PLANETE
(?)SYSTME
(?)MONDE
(?)ROBOT
(?)EXTRATERRESTRE
(?)INTRATERRE

N	O	I	S	N	E	M	I	D	M
M	L	Y	O	M	J	U	M	F	P
Y	E	F	A	F	V	J	H	R	A
S	C	W	E	S	P	L	W	N	R
G	Ç	O	X	O	N	T	G	O	A
C	E	D	P	P	H	R	V	I	L
R	R	X	L	T	B	I	H	T	L
E	I	L	O	X	Ç	L	M	A	E
A	A	T	S	R	E	O	B	S	L
T	T	O	I	N	W	G	Z	I	E
I	E	O	O	F	N	I	X	N	D
O	N	A	N	I	D	E	B	O	N
N	A	O	Ç	A	U	Z	A	L	X
E	L	F	P	P	D	E	C	O	J
U	P	P	C	R	A	O	I	C	W
Q	R	U	H	I	S	N	T	L	E
I	E	L	B	M	N	C	J	W	M
G	T	L	O	N	Ç	E	H	Q	Y
A	N	S	I	W	J	I	M	P	F
M	I	U	I	L	B	S	P	A	M

(?) INTERPLANETAIRE
(?) COSMOS
(?) EXPLOSION
(?) CREATION
(?) COLONISATION
(?) PARALLELE
(?) MAGIQUE
(?) DIMENSION
(?) TRILOGIE
(?) CINEMA

U C L G Y U U Ç E F
P S U I Y N J X Ç U
K M Z P N F N L X C
H X U O F Y V Z U V
M A C L Y M U G K J
L N E Q T V H X C Q
I B M X A I D J B E
G Ç E G B A V G M I
N E O L O G I E M V
T F Y S O J R X R Q
Q O I A R E N I M S
C O N S C I E N C E
X E T O L I P O C M
K M B Q E Q I C H A
T E R R E S T R E L
E C R O F E H K D Z
R A H I L D F P Q X
V Q V U G G K I A O
U A C A I T K E O L
N F A W U C G Q Q G

(?) FORCE
(?) INCONNU
(?) MULTIVERS
(?) NEOLOGIE
(?) TERRESTRE
(?) VIE
(?) CONSCIENCE
(?) UVRE
(?) COPILOTE
(?) MINERAI

V	C	U	A	Y	Q	C	K	W	I
V	T	R	S	R	C	Z	E	C	D
U	O	B	L	O	H	E	C	I	E
U	Z	N	E	B	P	I	N	N	O
J	N	O	I	O	E	D	A	T	L
M	Y	I	T	T	R	K	S	E	O
R	N	T	N	I	S	M	S	R	G
S	W	A	E	Q	O	P	I	S	I
C	W	N	T	U	N	F	U	T	E
S	Ç	I	O	E	N	D	P	E	W
Y	U	G	P	O	A	A	H	L	U
X	Q	A	Z	I	G	F	K	L	Z
P	G	M	F	O	E	G	S	A	T
B	N	I	Q	Ç	V	V	O	I	Ç
B	J	X	F	P	L	C	N	R	L
F	G	A	C	Ç	H	I	E	F	F
M	X	F	V	G	J	Ç	D	P	U
B	K	P	R	Z	U	O	R	J	T
E	T	R	E	B	I	L	O	Z	U
T	G	V	B	G	H	K	F	Y	R

(?) FUTUR
(?) PERSONNAGE
(?) IMAGINATION
(?) FORDINOS
(?) INTERSTELLAIRE
(?) POTENTIEL
(?) IDEOLOGIE
(?) LIBERTE
(?) ROBOTIQUE
(?) PUISSANCE

F G S C C X J S O B
Ç H V A I R N A O C
C Q N N P T F T E A
M A Z T A Z U U Y E
S Y Z I K K S R U Y
C M X N L Ç I N C I
N Ç J A B U O E I Y
O P P Ç M M N P V U
I O J S P O V X I R
T R P F G E L T L A
A T R N O R F Y I N
T A O R A U P L S U
R I P M Q T H J A S
O L U A J N K G T B
P B L H V E A V I N
E N S I E V A K O Z
L N E L I A D E N H
E P U W D O C K E R
T F R U H Ç N I B B
T Z O D E L J G K V

(?)CIVILISATION
(?)TELEPORTATION
(?)PORTAIL
(?)SATURNE
(?)URANUS
(?)DOCKER
(?)CANTINA
(?)AVENTURE
(?)FUSION
(?)PROPULSEUR

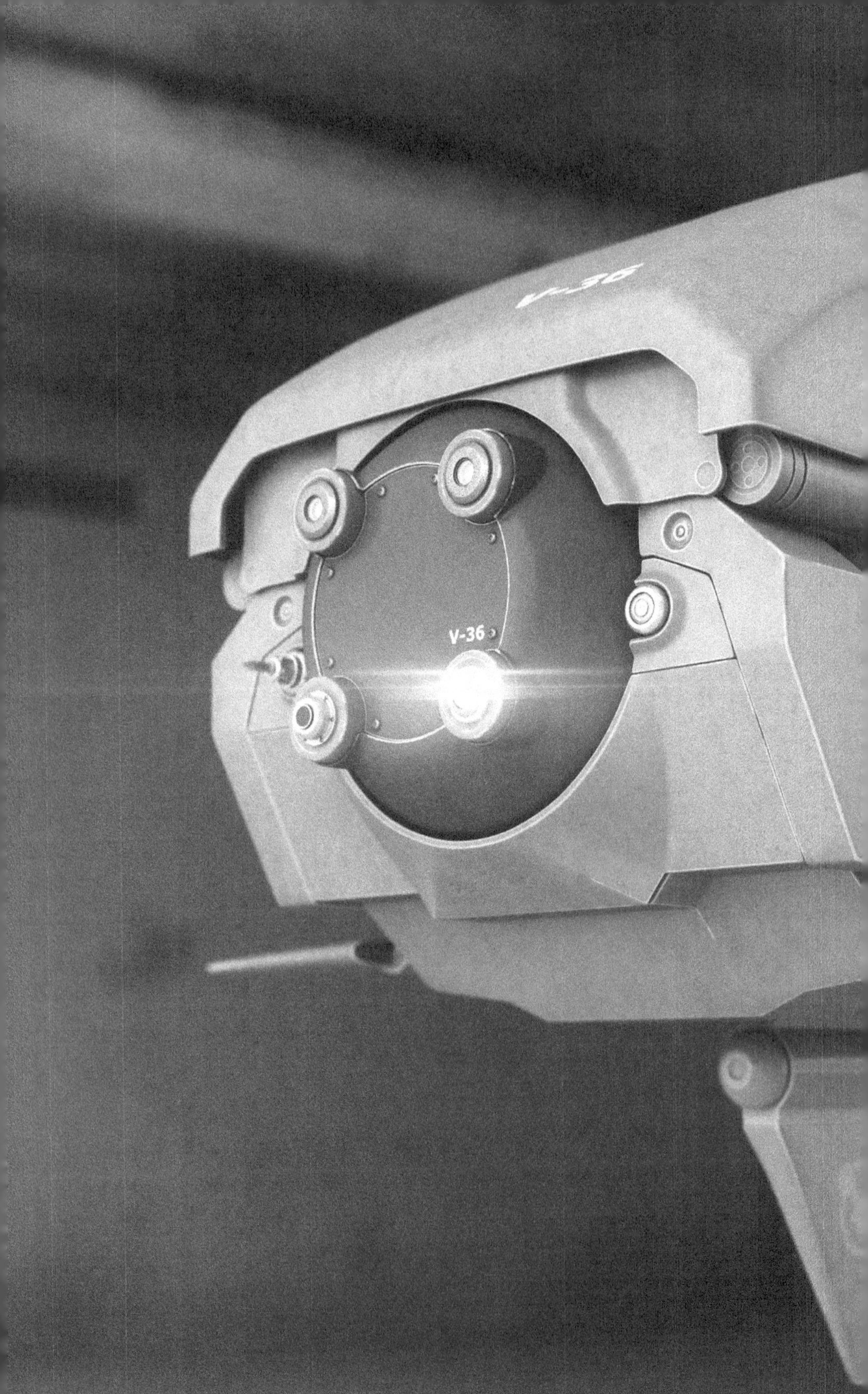

V-36
V-36

L Ç Z W R X B O H F
Y N A J D Ç R T Z J
Y O M S H G U E V N
D R Q V K E E L I S
I T X F R U T E U Y
S O E A J Q A P A W
C H N S E I N O M S
O P V C U N I R Y A
V R A I Q A D T V B
E H H N I C R E Ç F
R Ç I A N E O U C O
Y Y S T I M T R Q G
G Y S I M O H X I C
I H E O U I C X D O
T M U N L B O P U C
G F R Y A Q R U C K
A J R A R V A E P P
M R C Q P H C Q Ç I
M L G E U O N F W T
A S Z Y S S R L Z S

(?) BIOMECANIQUE
(?) TELEPORTEUR
(?) PHOTRON
(?) GAMMA
(?) ORDINATEUR
(?) SUPRALUMINIQUE
(?) COCKPIT
(?) FASCINATION
(?) ENVAHISSEUR
(?) DISCOVERY

```
E U Q I N O R H C B
U Ç F Ç C F F D I O
F I P L K X C G G U
I L V O W V B N Ç G
A L E I D R T A E N
V T G C O Y I Ç G P
Z V L T T T N C A D
B S H E M O T A P T
I E F T T C R T I J
R E R N N A T U P P
D D Z E R H P O Q W
Z K R M A V L U E S
B B R E C G A R B D
Ç W F P F F N E D R
P T K I L O E L G O
G V R U Q X T L Z N
Y U Ç Q F L A E D E
Y V D E Q I I A Q Y
L O Z O N E R M T R
U X U E A G E H V T
```

(?) DRONE
(?) ATOME
(?) OZONE
(?) EQUIPEMENT
(?) CHRONIQUE
(?) BIGBROTHER
(?) INTRAPLANETAIRE
(?) FLECTOR
(?) TOURELLE
(?) EQUIPAGE

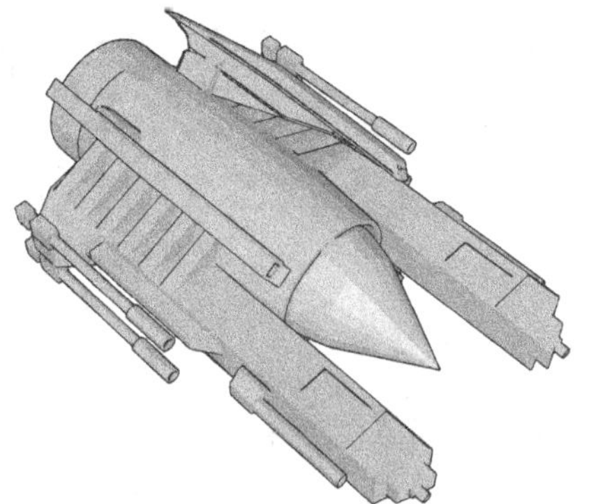

MERCI D'AVOIR ACQUIS CE CARNET.
POUR EN SAVOIR PLUS SUR L'AUTEUR RENDEZ-VOUS SUR :

www.mojenn-bretagne-karate.com

www.ingramcontent.com/pod-product-compliance
Lightning Source LLC
Chambersburg PA
CBHW052303150726
47996CB00019B/1445